KB268639

우리 시대 현대시조 100인선 97

꽃그림자는 봄을 안다

양 점 숙

태학사

우리 시대 현대시조 100인선 97

꽃그림자는 봄을 안다

초판 인쇄 2006년 6월 20일 • 초판 발행 2006년 6월 30일 • 지은이 양
점숙 • 펴낸이 지현구 • 펴낸곳 태학사 • 주소 경기도 파주시 교하읍
문발리 파주출판도시 498-8 • 전화 (031) 955-7580 (代) • 팩스 (031)
955-0910 • e-mail thaehak4@chol.com • http://www.태학사.com • 등록
제406-2006-00008호

ISBN   89-5966-084-1   04810 • ISBN   89-7626-507-6   (세트)

ⓒ 양점숙, 2006
값 6,000 원

☞ 저자와의 협의하에 인지를 생략합니다.
☞ 파본은 구입한 곳이나 본사에서 바꾸어 드립니다.

한국시조시인협회식장에서 (가족과 함께) (2004년)

가람 선생님 생가에서 (서벌 선생님, 한분순 선생님, 익산 문협 회원들과 함께) (2004년 봄)

가족 사진 (시어머님, 남편 박종구, 아들 필원과 함께) (2005년 여름)

◀ 익산문협 지부장 인사
(익산 시조문학 축제에서)
(2005년)

차례

수석 · 1 11

하현달 12

침묵의 그림자 13

그 바람은 14

벼락 맞은 대추나무 밑에서 15

기찻길 옆 오두막 16

약소에서 17

꼬부랑 할머니 18

건강 진단 19

가야의 흔적 20

번짐 그 어둠의 미학 21

그 길 22

고추밭 23

곶감 24

시간에 관한 기억 25

섬진강 풍경 26

귤 27

파업 · 2 28

순희 29

無心이 30

난지도 연대기 31

홍시 32

풍천장어 33

임진강의 노을 34

혀 35

호랑나비 36

박제 37

환향녀 38

상봉 39

만경강 40

승무 41

해망동 42

익산역에서 43

우도에서 44

컴퓨터 45

3월 안개비 46

아이엠에프시대의 보고서 47

해남 추억 48

홍역   49

4월에 탐라에 가다   50

큰물 뒤에   51

흥부골 우화   52

풍경 97   00

어머니의 방생   54

속정읍사   00

망배단의 공중전화   56

하루방   57

할머니와 장미   58

아버지의 의자   59

금강석   60

해체   00

石人像   00

굴비 그 엮임에 대하여   63

고려장   64

가로등   65

겨울 화음(和音)   66

허수아비는 들을 떠났다.   67

할머니의 가로등 68

철쭉 69

못난이 공주 엉겅퀴 70

복수초 71

송화 72

장날 통신 73

들 샘에 해가 떠도 74

할머니의 약수터 75

닭장 76

임진강 77

항명 78

거제도 이야기 79

설화 80

환자와 의사의 방담 81

할머니의 보리 고개 82

어머니의 수저 83

시를 읽다가 84

절화 85

아파트의 일상 86

고로쇠나무의 봄　　　　　87

절에 가는 길　　　　　88

길 · 4　　　　　89

징소리　　　　　90

모나리자에게 고함　　　　　91

낚시터에서 · 2　　　　　92

겨울 바다의 어부가　　　　　93

참숯　　　　　94

금산사 늙은 감나무　　　　　95

홍시골 연가　　　　　96

증명사진 · 1　　　　　97

한라산　　　　　98

不惑의 城　　　　　99

벌목　　　　　100

한계령　　　　　101

동백　　　　　102

놋그릇을 닦으며　　　　　103

낚싯대를 던져놓고 · 2　　　　　104

망해사 노을　　　　　105

노고단 철쭉은 피고   106
꽃무릇   107
새만금은 공사 중   108

해설 중용의 서정과 재미성 · 이지엽   109
양점숙 연보   125
참고문헌   127

수석·1

앉은뱅이 거울처럼
윗목을 지키는 돌
기름 바르고 마음 듬뿍 묻혀 닦아 봐도
억만년 외면의 흔적은 균열만큼의 적막

영험한 골짜기
전설 깊은 눈빛이더니
그 땅을 떠난 돌은 그냥 막돌
침묵도 흔적은 넘쳐 살이 트는 비원인가

비워둔 자리처럼 어둠이 무게를 더해올 때
먼 조상 깊이 잠든 에밀레의 전설처럼
고향 땅 이별의 날에
잃어버린 불돌

하현달

솜씨 좋은 선공이 빚어 놓은 백자 대접

동방의 전설 듣고 서녘의 신새벽으로

다향이 넘치지 않게
구름 지우며 간다

순이네 작은 오두막 바지랑대를 지나서

바위섬 등대의 그림자를 천천히 끌고

하늘 문 열쇠 들고 간다
울엄니 찾아간다

침묵의 그림자

바람 서늘한 뱀사골
돌 한 개를 얻었다
손때를 올리고
흔적을 지워
무거운 적막을 깨운
산 이야기를 기다렸다

그 엷은 눈빛에 기대
마음을 맞춰 봐도
용암의 초심으로 잠든 침묵의 몸뚱아리
헛살아 생각이 짧은 난
그 마음 있음을 몰랐다

돌 속에도 길이 있어 숨은 눈물이 있어
축축한 얼굴에 깊은 주름 올리고
마지막 한숨 비우신 울아버지의 옹이

* 뱀사골은 지리산에 있는 계곡

그 바람은
— 전봉준

중늙은이 소박에
뜨거운 눈물 후덕이다
가슴팍에 열 받아
밑동까지 들썩이다

배들녘
다 쏟아냈나 봐
엊저녁 그 바람은

시들 배들 말라가던
잎새 모두 지우고
앙상한 몸뚱이는
미망(未亡)의 타인 같아

바람은
나목의 여윈 가지
수의 삼아 흔든다

벼락 맞은 대추나무 밑에서

하늘의 벌인가 허리 질끈 끊어 냈다.

채 익시 못한 대추 넋 알 날렸는네

할머니 괴얄띠 끝에 부적을 생각한다

감춰둔 죄 값인지 남겨둔 불안인지

어쩔 수 없는 그림자는 순례의 땅을 딛고

인간은 혼돈의 우울로 한 개 돌이 놓인다

기찻길 옆 오두막
—문산

아버지의 고향은 기적 소리에 묶여 있다
자고새면 들려오는 군화 소리에 갇혀

저물녘 아스라한 귀 울음
버려진 아이처럼 운다

기적소리 따라 떠난 의미 없는 눈빛조차
멀고 희미한 불빛과 막연한 그리움으로

말년은 작은 대합실 같은
기다림으로 머문다.

어둠처럼 무너져 내리는 아버지의 흔들의자
아직도 기다림으로 못 자국이 붉을 때

비워둔 가슴 언저리
뼈마디 시린 수묵화

약소에서

바람도 정도 많은 외딴집 툇마루에
산국처럼 뽀얀 아이들과 등 굽은 할머니
양지쪽 작은년이는 동경의 볼을 붉혔다

흙바람 풀풀 날리는 버스 차창 밖으로
열여섯 신작로에 아리게 핀 코스모스
수건 쓴 울엄니의 기도 뼈에 묻고 돌아섰다

그림자 하나 끌고 찾아든 적막한 땅은
축축한 바람으로 남아 맨발로 찰방이니
흥부골 딸고만이는 지평에 뜬 초승달

* 경기도 시흥군 수암면 물왕저수지 옆이 약소

꼬부랑 할머니

백발에 색색의 물들이지 않았어도
미소는 나팔꽃 같고 맑은 시냇물 같은

쭈그렁 할머니의 쉰내
싸매도 번지는 젖내

세월이 오래도록 데리고 놀아서
짜글짜글 금이 가고 실실 늘어져도

새빨간 올강주머니
홍시처럼 묶여있다

건강 진단

알면 병이라는데 같이 산 반쪽과 둘이

콜레스테롤이 높고 고지혈증이란 진단받고

안 먹던 닭튀김으로 호사 한껏 누렸다

노랑꽃 핀 울 엄니는 춘삼월 보리 고개

깜부기처럼 매달린 그림자에 등이 굽어

졸라맨 추억을 삼킨 딸년 헛헛증에 먹고 또 먹는다

가야의 흔적
—박물관

서늘한 빗돌 열고 철마 타고 달려온다

부침의 옥쇄 들고 기침하는 시간 속

한때는 어둠이었던 화석 부신 눈 크게 뜨고

제살 떼어 연명하는 유리창 안의 푸른 녹

잘 삭은 육신은 몇 조각 쇳덩이 위에서

아직도 꿈꾸고 있는가 날 벼리는 함성을

번짐 그 어둠의 미학

시간의 무게에 눌린
수많은 선과 선 사이
사람의 인연들이 적멸의 색 입히니
화공은 번짐의 붓끝으로
마른 혼을 덧칠한다.

오래 묵은 빛깔은
어둠과 닿아 있어
응어리진 마음까지 색이 번진 울음이 깊고
비워둔 허공의 침묵은
살아 못 건널 강이다

내 보았던 사람은 늘 바람 숲에 있었다
육신을 비워 꿈꾼 자유를 위해
침침한 미소를 걷은
실핏줄을 더듬어간다

그 길

목청 좋던 청상이 달개비로 선 길섶 지나

바람 세운 만장 치마꼬리 양 따라가니

그리움 절절한 그 길에 어메 할메 보인다

아침마다 길 떠나는 소달구지 뒤 따라서

할아버지 아버지가 먼 길을 돌아가시고

황톳길 십이 문의 꽃신 음매음매 울었다

고추밭

땀내로 볼을 붉힌 염천의 고추밭에
그립고 아픈 어제가 뜨거운 눈물 이던 날
칠팔월 울엄니 앞치마는
배부른 허기였다

고운 태 벗지 못한 삼대독자 외며느리
노랑꽃 피어도 내리 내리 딸 고만이
부뚜막 촛불만큼씩
키를 줄인 어머니

여름이 가고 또 그 여름이 울음일 때
희망을 응어리로 짊어진 등은 굽고
새하얀 고추꽃 일면
나는 또 눈물이네

곶감

같이 살면 식성도 닮아 간다더니
감나무집 큰아들과 같이 산 삼십 년에
늙은이
세월 빼먹듯
깎아 널고
빼 먹는다

얼마나 너로 해 깎이고 말라야 할까
은입사 분을 덮어쓴 꼬챙이의 허기로
그 떫은 꽃잎 입에 물면
늘 일곱 살 언저리

시간에 관한 기억

금반지도 무거울
백발의 꼬부랑 할머니
장미 한 다발 신문지에 말아 안고
가쁘게 계단 오른다 따라 설레는 꽃잎들

전해 줄 누군가를
기다리는 갓길
홍안의 잔기침이 쏟아지는 꽃잎일 때
배꼽 티 소년의 발목에선 금속성의 이명 운다

누구나 한번쯤은
흔들렸을 추억 속으로
완고한 시간의 허락 없이 나섰다가
하늘 길 그림자로 붉은 미아가 되었다

섬진강 풍경
—방생

금빛 모래톱 사이
은물결로 몸을 누이고
꽃바람 벗이 되자 오가는 손사래 속
맘 모아 울리는 징소리 발자국이 어지럽다

먼 길 묶여온 거북
고개 외로 꼬아도
자비를 기원하는 한바탕의 난장
키 작은 생명들 모여 뜬구름이나 살핀다

눈물이 눈물로 씻기는
어머니의 앞섶에서
징소리는 멎지 않고 강물은 흘러간다
춘삼월 매화는 져도 꽃그림자는 봄을 안다

귤

갈옷의 노고는 현무암의 시작이었다

돌과 바람 사이 수건 쓴 울어머니

두 어깨 마주 추스르니
바람 싹이 파랗다

좁은 가슴팍을 골라 눈물알갱이 묻어놓고

물들까 바람 들까 물림의 품앗이로

검은 흙 신화의 땅에
뿌리내린 햇살 한 줌

파업 · 2

전업 주부도
며칠쯤은 파업하고 싶다
고장 난 곰인형처럼
북소리를 멈추고
처녀림 새처럼 날아올라 꿈꾸고 싶다

이십오 시간의 굴레를 훌훌 벗고
며칠쯤은 휴가
며칠쯤의 낭만
여자도 때로는 외롭다오
못에
묶인
거울처럼

순희

양지 뜸에 꽃다지 몸 풀고 앉을 때쯤

등성이 청보리밭 맨발 벗은 순희

땅꾼 집 새 각시 되어
봄들을 건너갔지

에미 애비 모르고 커도 봄눈 같던 눈빛 걷고

코흘리개 어린 아들 공깃돌처럼 남겨두고

아직도 숨 가쁜 박석고개
바람 무성한 깜부기

無心이

물 맑고 산이 좋아 오히려 척박한 땅

농심에 물이 올라 무심이 햇살 받으면

단물 든 하늘은 높아
추억 한 입 그득했네

* 강원도 인제 근처 임금님께 진상하던 배

난지도 연대기

샛강 따라 이어지던 철새 도래지에서
짓무른 산이 생겨나던 어느 날부터
생명은 모습을 감춘 화석의 역사였다

내다버린 허욕을 묻어 배부른 명치
도깨비불이 솟고 죽은 물이 흐르고
하늘은 검은 비 뿌려 횟배 같이 앓았다

맹꽁이가 울었다 황조롱이가 날아들었다
개망초와 환삼덩굴 어우러져 키가 클 때
들꽃 그 고갱이만큼씩 제 그늘을 줄인 지층

홍시

선계에 꽃 한 송이
쪽빛 하늘에 걸렸다

부끄럼 모르던 까치도
노을로 붉고

할메는
틀니가 없어도
세상맛을 알았느니

풍천장어

기력 쇠한 영혼은 복분자로 잔 채우고
돌을 쌓고 마음 쌓아 물길 헤집어도

강여울
모천의 흔적은
배반의 성근 올가미

거나한 육자배기에 여윈 슬픔 풀어놓고
물 내로 받아낸 한 생의 뒤안길에서

사는 일
맨발이래도
그리움은 자국이 깊다

임진강의 노을

초경의 핏빛은
황홀한 우울이다

피카소의 연민 같은 섬광의 붓질
그리움 한두 방울이 망울망울 떨어진다

주저앉은 풀밭에선
낯선 노래 들리고

굽은 강은 갯벌로 옛 기억 밀어 내니
눅눅한 북녘 사투리 그림자만 하얗다.

혀

그 끝을 모르겠네 뿌리가 보이잖아

시시 때때 젖히고 뒤집고 밀어내고
꿀꺽 삼키고 거짓말에 아부까지

변신에 변신을 넘어 도술의 경지였네

호랑나비

탱자나무 잃어버린 호랑나비 한 마리가
아파트 담장 돌아 큰길로 날아갔다

아이가 잃어버린 건
그 아이의 날개였다

문명의 그 잣대는 굽이 너무 높은 탓에
추억 잃은 할머니 천수경에 마음 얻는데

나비는 꽃가마 따라
그 아이를 떠났다

박제

생전의 피와 살 하얗게 발라내고
목을 세우고 허리를 곱게 펴야 해
곤해도 잠들면 안 돼 적멸의 생이니까

신이 아닌 어설픈 날백정이 빚었기에
먹거나 움직이지는 못해도 서있지
늠름한 생전의 품새로 의젓했던 그 모습으로

인간이란 참으로 야박한 욕심쟁이
잡으면 놓을 줄 몰라 죽음까지도
해탈은 별거 아니야 그처럼 비우면 돼

환향녀
—정신대 할머니

그 소녀의 상복은 역사를 알 수 없었다
조국의 이름으로 아버지의 눈물로
날려간 바람의 땅은
짓무른 늪이었다.

검은 치마를 쓰곤 부신 해를 볼 수 없어
사랑 없는 변방 치마허리 풀어놓고
강마다 몸을 던졌다
마음을 벗겨냈다.

눈물로 깨어나는 땅 잠든 모천의 여울목
육신의 핏물 번져 망향의 강을 이룰 때
명치끝 갈대를 심고
그 소리로 울었다.

하얀 물살의 갈피마다 흘러넘친 눈물단지
우리가 지켜내지 못한 우리의 가슴이라
머리에 불 쓰고 걸어도
그 가슴은 시리다

상봉

눈물이 아름다운 시간대를 지나서
여윈 손 마주 잡고 침묵하는 어르신

갓 스물 부부는 늙어
남북의 머리 흰 석상

예상 못한 이별을 채운 강은 흐르고
귀 기울이는 발자국 아직도 밤을 밝혀

신기루 그 환영의 잠은
그녀처럼 하얗다

만경강

수척한 강은 무성한 갈대 곁에 누웠다
그 응어리를 씻어냈을 잔물결의 여백 위로
넓은 들 허리 굽은 농심
그림자가 무겁다

달려온 강도 늙으면 사람을 닮아가나
혼돈의 시대를 건너온 회한의 등짐
한걸음 먼저 온 물새도
꽃등을 띄우고 싶은가

노을이 빨려 들어가는 용무늬 바다를 밀고
여음의 멀미로 남은 아버지의 잔기침소리
그 깊은 시간대를 보낸
강심의 끝은 멀다

승무

한 천년이 지나도
못 벗어낼 신열이 올라
유성의 길 찾아 나선 밤이 깊어도
정갈한 선 마디마디 흰구름이 일었다

고깔밑의 날개는
마음 비워 자유인가
우아한 몸짓으로 비원의 눈빛 올리니
버선발 새하얀 모둠에 산이 강이 흔들린다

서로의 가슴에
닿지 못한 꿈을 비우고
혼자 적신 얼굴은 늘 그 자리
돌아선 사람의 발자국 지우지 못할 그 곳에 있다

해망동

늙은 강을 달려온 물은 늘 그 부두에 있었다

게다 소리와 저항의 함성 아직 남아 있고

목선은 색등의 그림자로 바람 기억 낚는다

강빛 지우고 내려 받은 사설이 어둠일 때

용궁을 닮은 횟집 불빛도 핏물 돌아

뜨끈한 홍합 국물에도 빈 가슴은 금이 간다

* 해망동은 군산시 소재로 바람이 많고 도선장이 있으며 횟집들이
많다.

익산역에서

화사한 입술들이 전광판처럼 밀려간다
기다림이 낯선 아이는 과자를 깨물어도
수척한 햇살로 씻은
광장은 단장의 침묵

대폭발의 열기로 날아간 하늘 밖 길목
꽃잎 쏟아진 다락방 선혈의 잎맥 돋아
침목에 들꽃 피어도
기다림은 뼈대 하얗다

기억이 축축한 대합실 꽃그림 위로
그리움이 된 이름이 깃발처럼 흔들리니
가슴에 두 줄을 긋고
너처럼 가고 싶다

* 이리역(현 익산역)은 1977년 11월 11일에 화약열차의 폭발로 역은
물론 그 주위의 많은 민가까지 참혹한 화를 당했다.

우도에서

검은 소는 파도를 무서워 않는다
게염 많은 태공들 곳곳에 줄 늘여도
저 혼자 물비늘 키우며
바람의 낯빛이다

행망쩍은 인간은 작은 배에 주저앉아
소울음도 아니 듣고 너울의 뜻도 모른 채
그 욕심 무게에 눌려
찌 끝이나 살핀다

바람은 언제나 제 몫의 소리로 울고
사람의 멀미는 생각의 무게로 돌기에
물굽이 푸른 신전에
티끌 하나 보탠다

컴퓨터

컴퓨터란 놈은 참으로 요상도 하지
신통방통 도깨비 방망이 같더니만

열나면 에러라든가
바이러스 걸렸다나

기억 좋다 믿거라 맡겨 놓았더니
홀랑 날리고 묵묵부답 검은 낯짝 들이미니

열 받아 넘어 지겠네
못된 놈의 서방 같어

3월 안개비

남녘 어딘가에는 동백이 한창이라는데

대관령 외길에는 하얀 눈 길로 쌓였다

철 따른 산통의 봄날
안개비 가득했다

그렇지 싹 띄우고 꽃망울 쏟아내자니

비명도 선혈도 흥건히 넘치겠지

강처럼 열리는 화신
물처럼 흐르고 싶다

사철 배부른 울엄니 눈빛은 망울망울 봄빛

비명도 미소로 앙다문 시린 등 뒤로

춘삼월 계절의 봄은
울음마저 흔적 없다

아이엠에프시대의 보고서

겨울이라고 모두 추운 것은 아니란다

"이대로"를 외친다는 진골들의 술잔 위로

싸구려 안주감이 된 아우성도 있었다

떠오르는 용 이야기 아직도 희망일까

마지막 등짐 부려도 굽은 등은 젖어있고

한데로 내몰린 속살 어둡게 터져있다

공중 분해된 꿈이 바람개비를 돌린다

의미를 망각한 분열의 정점

빙하기 멸종의 전설로 찬 불씨 들쑤신다

해남 추억

연초록
빛살로 번진
추억의 변두리
금잔디 다문다문
이, 저승이 한 울안에

등 굽은
백발의 할메
아직도 기다리나

먼빛의 쪽배는
마음처럼 떠나간다
열아홉 꿈속에도
바람은 불고

뻘밭에
반쯤 몸 묻은 할메는
그날 부러진 돛대

홍역

중년의 아저씨가 열꽃 활짝 솟았다

옛말에 홍역 앓아야 자식이라더니

온 국민 홍역 치른다 아직도 아이엠에프?

이 시대의 화두는 대책 없는 아우성

방구들만 지키는 날건달의 단내처럼

열꽃은 더욱 기승이다 가슴도 불덩이다.

4월에 탐라에 가다

구름 아래 떳집에는 못다 한 목숨들이

청청한 아우성으로 물안개 치고 오르니

남녘의 무성한 소문

오름을 타고 넘는다.

큰물 뒤에

날 푸르게 선 귀 울음에 한생이 차고 넘쳐
포말의 소용돌이 물찬 땅을 고르니
할베는 굽은 허리로
이승 세월 다 퍼낸다

잠든 어둠을 들어 혼을 깨우는 바람 속
아잇적 지린 꿈에 근심도 한 짐올라
황토 빛 물마에 간힌
몸 기억을 건져낸다

물에 뜬 나비처럼 밤 밝힌 미루나무 아래
기우는 양철지붕 몸도 생각도 놓고
할머니 명치 데우던 오두막
전설 풀어 실린다

파헤쳐진 미라처럼 뼈를 보인 대지 위로
어쩌다 명 붙인 들꽃 굽은 목을 세울 때
목숨도 꽃씨 같은가
제 가슴에 불씨 놓는다.

흥부골 우화

땅을 파고 움막을 지었지 허술한 집이었지

땅꾼 사내는 상량을 올릴 때 소원을 빌었지 복을 주
시려거든 처복을 주시고 벼락을 주시려거든 처녀벼락을
주십시오.

소원은 이루어졌지 처녀벼락을 맞은 거야

횡재한 사내는 신이 나 뱀을 잡았지

꿈틀꿈틀 살모사 삼복에 약 오른 독사 알록달록 칠점
박이 스물 스물 능구렁이 색색 아름다운 비단뱀 죽을병
도 고친다는 백사까지

횡재는 오래가지 않았지 약 오른 꽃뱀의 줄행랑으로

풍경 97
―아이엠에프 시대

달구질 소리는 오늘도 화면의 단골손님
화왕계가 생각나도 설총은 보이잖고
흔적만 무성한 비기로 행간은 늘 어두웠다

아귀의 바람주머니 그들의 식성 같아
염치없는 몸집은 의혹을 불려가고
거대한 소용돌이의 부활 막아내지 못했다

바람의 땅 신명을 삼킨 아비의 등은 굽고
환정인지 이명인지 혼절하는 아우성에도
투구 쓴 돈키호테는 달리기를 멈추지 않는다

어머니의 방생

잡은 손사이로 어머니의 강이 흐른다

기원보다 푸른 정, 강보다 더 늙기 전에

섬진강 재첩은 죽어 제 혼을 방생한다

바람의 헤픈 언약을 걷어내지 못해

뻥 뚫린 앞섶에서 강물은 돌고

목숨을 방생한 어머니 그날처럼 굽어있다

속정읍사
— 미륵사지에서

세월이 무거운 탑 미륵의 이름으로 눕고

천심이 버거운 땅 탑으로 솟았느니

눈물도 돌로 고이는 기원이여 그 연민이여

옹근 잠을 걷어낸 기다림의 세월밖에

내일을 알 수 없던 풍경은 그래도 울고

수건 쓴 울 할머니는 오늘도 굽어 있다

망배단의 공중전화

연기 올리는 저 향로는 외로운 피붙이
막막한 강은 소리 없는 울음을 놓고

향화에 기댄 공중전화
동구 밖 할메 같다

동전을 집어넣어도 바람 소리만 다가와
설핏한 얼굴 하나 빈 가슴 밟아 오르니

불러줄 이름이 무거워
덜컹 내려앉는 전화통

확성기의 비명은 반세기의 몸살로 끓고
목이 쉰 침묵은 달맞이 꽃잎으로 남아

뼈마디 앙상한 철조망은
그날 멈춘 맥박.

하루방

무자년 그 봄에도
꽃씨는 몸을 날리고
목숨보다 질긴 그리움에
할미꽃은 붉어

검은 땅
몸으로 받아 전설처럼 사느니

줄행랑치는 세월은
쉽게 오름을 넘고
눈물로 패인 가슴팍
그 땅의 성혈로

너울은
제안의 불집 바람이라 일렀다

할머니와 장미

수십 송이의 혈이 모였다는 장미오일
주름투성이 얼굴에 듬뿍 펴 발랐다
호강도 이 정도라면 클레오파트라 부럽잖네

들병이의 헌신과 낭만이 함께한 오늘
애써 싹 틔우고 꽃 피운 장미는 졌다
무모한 여자의 사치 아니면 허영 때문에

그저 삶이 허무해 만용을 부려봤다
위로 받을 그 무엇을 찾지 못해
한 송이 지지 않는 꽃 윤회는 생각지 못했다

아버지의 의자

돋보기 혼자 지킨
그 자리 아무도 없다
식은 찻잔이 화석처럼 뒹굴고
마지막 속살까지 비운 그 적막이 무겁다

거푸집을 짓고 허물던
욕망도 다 삭아
혼불 밝힌 등성이 바위꽃 피고 져도
한번은 안기고 싶은 그 앙상한 당간지주

금강석

오늘도 내일도 아닌
너 만큼의 세월 뒤에
천둥치는 섬광으로 정수리 내려치는
천의 넋, 만의 넋이 되어 풍장 울리고 싶다

홍조도 물이 들까
바람 차게 뿌린다
사랑도, 미움도 오랜 침묵뿐이지만
돌베개 높게 고이신 지층의 햇무리여

해체
—미륵사지에서

적멸에 기대 먼 마음만 뜨겁게 기다리다
굽은 육신은 빗금 아래 기원을 묻고
용화산
천년의 유형 기단마저 일그러졌다

하생할 미륵님 아직은 기별 없는데
선잠에 신심 깊은 돌은 몸을 누이고
묵언에
가사장삼 벗은 그림자를 지운다

쉰 목을 풀지 못한 풍탁 지층을 울리고
가람을 비질하고 아궁이에 불 지피던
법사도
할메도 모르는 난 언제나 술래

石人像
―미륵사지

묵언 수행 중인 기단 아래 석인상
닳아 뭉그러진 얼굴 코가 없어도
간절한 염원을 이룬
누군가는 있었겠지

태어나 소원 하나 들어준 일 없었는데
천년의 그림자여 코가 없음은 어떤가
해체나 발굴이란 말이
염불처럼 번지네

아들 낳게 해달라고 떼어낸 코만큼의
눈물과 한을 비운 미륵의 자리 안에
해묵은 풍장의 노래는
흐드러진 돌미나리

굴비 그 엮임에 대하여

뻘밭에 반쯤 몸을 묻은 뱃전에서
두어 마리 갈매기 해풍을 희롱할 때
어부는 흰 담배연기 낚대 삼아 올린다

갈 수 없는 바다 유혹의 몸을 뒤채고
왕소금 꽃으로 올려도 봄날은 길어
잘 마른 천형의 바람장구 멈출 수는 없다

샛노란 띠를 풀어도 원형의 물내 때문에
혼선의 아가미는 물길 따라 돌고
화인을 방생한 지느러미 그 엮임을 물었다.

고려장

이삿짐 꽁무니에 구박 맞고 딸려왔는데
자리 하나 찾지 못한 닭장 같은 새 집
인연도
동거도 부질없다
폭염의 창밖으로

현대판 고려장이 소문만이 아니듯이
곯고 마른 몸뚱이 정 붙이고 살자는데
이삿짐
뒷자리에는
그림자만 묶여왔다

가로등

만 겹 어둠이 내려, 길 위에서 길을 묻다
미끈한 솟대 세워 정화의 달 올리고

습으로 타들어가는
마지막 놀을 봤지

비워 낸 갈증 혼백으로 추적이는
철심 위 창백한 미소가 낯설다

빛 부신 육탈의 연가
그 부활의 층계여.

겨울 화음(和音)

작은 창에 달이 들면
볼 붉은 어린 신부
아랫목 꽃이불 속에
늦은 저녁을 묻어두고
달만큼 차고 흰 성애꽃도
자장가를 부른다

몸뚱이 하나로
바람을 질러온 사내가
언 손 비비며 찾아든
옥탑방 거울 앞에서
등 기댈 벽마저 없던
아버지의 겨울을 본다

허수아비는 들을 떠났다.

아직도 나의 가을은 황량한 들을 맴돈다
사오정이나 오륙도라 불렀던 그들

때로는 가슴을 베는
동검소리에 귀가 운다

낡고 축축한 벙거지 어깨까지 눌러쓰고
풍장된 시간만이 어머니의 기도일 때

참새는 바람을 핑계로
깃털 하나 떨궜다.

할머니의 가로등

의미 없는 불빛 먼지 속으로 침몰할 때

아무도 기억 못한 산란의 달그림자로

부나비

부음이 번진 제단 밑의 달맞이꽃

철쭉

청상의 속울음이 청산에 불 질렀다
실록의 잎사귀에 연지곤지 찍어놓고

돌아가
오지 않는 님이여
이 봄의 신열이여

애증의 등성이에 녹아내린 꽃물 풀어
옹이진 마음 마음 선혈의 빛들이면

만개한
계절은 깊어
정도 깊은 울음이다

못난이 공주 엉겅퀴

홍자색 족두리에
바람 시종
앞세우고
사랑댁 칠삭둥이 꽃가마를 타고 갔네

지어미 그 한숨이 웃자란
따비밭을 지나서

복수초

딸부자집 딸들의 설빔은 노란 저고리

큰년이 작은년이 옹기종기 모여 앉아

공깃돌 높이 올리면

삼동에도 볼이 붉는다

송화

그 산의 낯빛은
생명의
분화구

오월의 눈부심은 등성이를 오르는데

청산은
　나비
　　　나비
　　　　나비
바람 속에 노랑 나비떼

장날 통신

막내야 애비가 니 갈칠라고 욕본다
댐에 겔혼 하믄 에미 애비 잊지나 말 그라
소 파라 학비 부쳐 줄 랑게 쪼매만 지달려라

배워야 산다는 디 쐬빠지게 공부 하그라
애비는 배움 없어 살기가 엄청시리 징헝게
망내야 공부 많이 혀서 넥꾸다이 매고 살그라

쌀 개방이다 뭐다 벌집 마냥 뒤숭숭 혀도
눈곱만한 땅떼기지만 그래도 엎어져 산다
이 겨울 고생 시려워도 몸 성허게 있그라.

들 샘에 해가 떠도

고된 삶의 무게만큼 터져 버린 논바닥

기갈 든 물소리가 용두레에 높게 실리고

울어메 타는 한숨은 들 샘에 뜬 뭉게구름

온밤 달무리를 따라 물집 잡힌 손바닥은

모래알 같은 가슴에 문신 삼아 올리고

냉수로 지친 허기를 더위 먹듯 삼킨 어메

할머니의 약수터

순백의 물줄기에
여음이 넘쳐 나고
잎새의 젖은 노래가 제 그늘로 지는 날은
할메는 굽은 등에서 선하품을 받아낸다

다리품의 빈혈기는
숲의 한기로 부려두고
알뜰한 삶이란 것도 고된 짐이다 싶어
남은 생 배급받듯이 물통 앞을 지킨다

닭장

새로 짓는 아파트를 물어물어 찾았더니
영락없는 닭장이네 닭도 없는 닭장
암탉은
깃털 하나로 눈도장을 찍는다

황량한 직립의 땅 에밀레처럼 닭이 운다
잡목 베어 낸 숲 골조 높게 세우고
층마다
금박 물려도 사육의 장은 침침했다

돈 내로 작은 땅덩이가 바람 일어 들썩여도
낡은 꽃이불에 맨발을 묻고
할머닌
등걸처럼 앉아 단칸방을 데운다

임진강

한숨으로 타오르는 향로를 지키는 건

메마르고 여윈 기다림의 강물

묻어둔 회한이 타는 놀
침묵마저 뼈대 붉다

돌아갈 땅이 없어도 발꿈치 들어올리는

그리움은 사금파리 같아 가슴을 베고

망향의 푸른 강 건너
등 올리는 어머니

항명

싸게 싸게 판다는 아파트를 보러 갔더니
사람은 기척 없고 개구리만 떼로 운다
운 좋아 명 보전한 웅덩이 혈맥처럼 검붉다

인간은 손이 사나와 잘라내고 뽑아내고
그 자리 집을 짓고 자연 친화 아파트라
죽어도 같이 못살 집이라 몽니 부리는 개구리 떼

목청 돋워 우는 것이 개구리만이 아니다
한데 잠에 골병 든 아우성도 아우성이지만
목도장 인주도 마르기전 망향의 잔이 넘친다

거제도 이야기

알 품은 돌과 허리 굽어 둥근 나무
가난도 사랑이라 민물처럼 차오르고

너와나 풀로 살고 돌로 살아
발목까지 다 젖는다

떠나는 배 흔드는 손 외로운 물가라서
바람빛 햇빛 같은 섬사람들 마주서니

전생엔 나도 한 개 몽돌
꿈길에도 찰방인다

설화

선사의 담벼락은 인연의 빗금도 조밀하여

적멸의 몸짓으로 기원의 끈 풀어내니

그 하늘 침묵 깊은 땅
기억 밖의 기지개여

맨발의 조상님들 듬직한 흙 한 덩이로

사랑과 이별 사이 잠든 신열이 내리고

고귀한 사금파리는
늘 그러하듯 침묵의 달변

환자와 의사의 방담

병든 육신은 전능한 신을 원했네

청진기를 대보고 이리저리 만져보고 눌러도 보고 사
진도 꽝꽝 찍어 보고 이 약 저 약 먹여보고 자르고 꿰
매도 보고 그래도 알 수 없으면 기다려 봅시다

당신은 운이 좋으면 명대로 살 수도 있소

할머니의 보리 고개

여물지 않은
보리 모가지를 끊어내며

그 봄을 넘어내자
할메 허리는 굽었다

열 두발 허리끈을 동여도 다시 세우진 못했다

눈물과 한숨 같이 넘쳐
멀건 죽그릇에

푹 퍼진 무거리의
화색을 걷어 내도

차창 밖 막춤 추는 아줌마는 알 수 없던 보리 고개

어머니의 수저

어머니의 삶처럼 고단한 삶을 살아
닳고 틀어져 볼품없이 늙어가도

새하얀 분을 날리던 여름날을 기억한다.

주인 떠난 부엌 한 귀퉁이 굴러다니며
푸른 녹과 한 몸으로 삭아가도

누룽지 긁어 줄 가마솥도 먹어줄 아이도 없다

언제부터 제 모습을 그렇게 잃었을까
차오르는 잔기침과 함께한 세월의 무게

수저는 알았나보다 뼈가 삭는 어메 속을

시를 읽다가

생간 한 덩이 떼어내 세상에 돌린다

눈 귀 있는 자 보고 들으라고

핏덩이 살펴보고야

제 간경화 인줄 알았네.

절화

잘린 그대들 앞에 맑은 물 부어준다

죄 아닌 죄 고움이 운명의 이유라면

칼끝에 세상을 버린
어느 여인의 춘화

사육의 끈이란 늘 업보와 같아서

한생의 빛살들이 꽃물로 차오르니

몸 맡긴 울음 아는가
저 찬란한 부황을

아파트의 일상

아파트도 늙으면
품이 버는지 기운이 주는지
금이 죽죽 간 사이로 이야기가 새고
연탄 내 갈 곳을 잃어 늙은 품을 파고든다

바람에 목이 꺾인
목련나무 가지 사이로
몸 부른 까치는 옛이야기로 노래 부르니
반가운 손님도 없는 할메 졸다 깨다 귀를 판다

고로쇠나무의 봄
―지리산

발자국 소리에 몸 사리는 갈증의 못질
북풍보다 무서운 건 그들의 식성이다
보신에 눈먼 욕망은
산으로 산으로 든다

허기지고 지친 것은 너희뿐 아니다
동토의 밤을 지샌 그 산의 권속들
탐욕을 뽑아내지 못해
봄은 피의 제전이다

절에 가는 길

젖은 낙엽 속에 낮은 고요가 모여 있고
신심 없는 마음은 어메가 보고 싶다
늦가을 명 짧은 햇살 그림같이 떠 있다

아도화상을 만나기도 전 작은 탑이 손을 든다
기원의 노래들이 켜켜로 앉아 있고
돌멩이 돌멩이마다 얹힌 하늘이 무겁다

정갈한 목탁소리 어메 숨결 고르는지
풍경도 숨을 죽여 몸을 트는 한나절
천왕문 거친 형상에 그림자를 묶는다

길 · 4

이승의 문을 나선 어메의 만장들이
바람의 이름으로 징검다리 애쓰고 건너
억새꽃
하얗게 흔드는
등성이를 오른다

인연의 품을 떠난 별리의 한은 깊은지
어둠의 가락에서 치렁한 눈물이 괴고
산뻐꾹
어허라 달공
가는 길을 묻는다.

징소리

울음 잡는 귓소리가
자리 안에 금줄을 친다
소리새 몸을 푸니 바람도 깃을 접고
산천은 아무 일 없었던 듯 콧노래를 부른다

지신이 올려놓은
천상의 신명들이
담금질과 불꽃들을 한 몸으로 틔우니
묻어둔 가슴을 열어 소리 하나 따내고 있다

모나리자에게 고함

조물주의 손을 빌었던 어떤 사내는
여인의 웃음이 어떤 것인지 보여 줬지
인간아
속없는 여인아 그건 그의 욕망였어

생명을 품어 안은 정숙한 자태라나
안아 줘도 안아 봐도 어메 같고 누이 같은
인간아
그것은 그림이었어 사내들의 가리개

낚시터에서 · 2

부유하는 욕심을 떡밥에 이겨 넣고
두 눈이 아프도록 지켜온 갈대 끝은
무심한 흐름을 배워 살랑대고 있었다

불어버린 손끝에서 체념의 달이 뜨고
내 안의 갈망만이 찌 끝에 매달릴 때
그림자 길게 드리운 아버지의 등을 봤다

창백한 달을 꿰어 물가에 걸어두고
스미는 한기마저 잡아넣은 뜰채 속은
피라미 한두 마리가 세상살이를 묻는다

겨울 바다의 어부가

홍조에 묻어 나온 불덩이를 외면한 채
물에 젖은 휘파람 습관처럼 쏟아 놓고
바다는
속울음으로
어부가를 보탠다

한숨 섞인 울림이 바람으로 되돌고
열반의 몸짓으로 물밑은 그득한데
커다란 세상을 건져
그물코를 살핀다

어부가 낚아 낸 건 지친 삶의 무게였나
펄떡이는 은비늘의 성난 노래를 듣고
갈리진
손등을 따라
제 혼을 감아 낸다

참숯

담금질에 풍구소리 멎어 산을 내려가고
솟아오르는 눈물도 잊혀 진 세월 안에서는
옛사랑
마디마디 타올라
결도 고운 불꽃이여

깊은 산 푸른 추억만을 아련히 기억하며
찬란한 부활의 기도 위에 재가 내려도
내일은
피 맑은 탄생이길
대물린 약속이길

금산사 늙은 감나무

얼마의 세월 살았기에 그리 헐었나
회 발라 굳은 몸은 몇 알의 감을 달고
그래도 목숨 남아서 산문을 지킨다

짧은 목숨의 인간 경배의 눈빛 올리는데
신 앞에 선 너는 침묵밖에 전할 것이 없나
인간은 불사를 이룬단다 신을 위한 불사를

홍시골 연가

홍시 같은 사람 사는 홍시 같은 마을 있네

물맛 좋은 외길로 낮은 하늘 열려 있고

순둥이 옹기장이는 말이 없어 구름 같았네

증명사진 · 1

존재를 확인하는 그 무엇이 필요했다
내가 아닌 내 이력에 붙여둘 증거물
불빛에 꽝꽝 찍힌 건
내가 아닌 나의 허물

감춰 둔 세월이 보일까봐 덧바르고
어둠 맘 보일까봐 헤식게 웃었다
불빛에 환히 박힌 건
내 허영의 잔해였다

한라산

해 뜨는 전설의 나라 해맑은 동심원 속
순백의 넋으로 물이 오른 산정에서
우리는
바람이었다
계곡을 돌다가는

오래 전에 흘러내렸을 현무암을 따라
기도하는 물결은 세월을 미는데
바람은
지금도 운다
탄생의 몸짓으로

不惑의 城

그 파란 뜰을 지나
돌계단에 앉는다
스며드는 냉기에서 누추한 낯빛 섧고
낯익은
그림자 하나
나를 닮아 헤식다

어느새 노을은
속눈썹에 매달리고
기도문의 긴 여운이 귀울음으로 출렁일 때
내일은 연민의 그늘 치마폭을 여민다

손 흔들고 돌아서는
내 품의 바람이여
빈 성의 옛이야기는 해묵은 진실이거니
아직도 가을을 타는 숫기마저 부끄럽다

벌목

백 년쯤의 기도는 그 뜻을 잃었다
핏기 없는 톱날에 토막 난 혼을 싣고

버거운 비명 한 짐에 큰 산을 내려갔다

언 몸으로 달려간 대처는 환생인가
숲 속의 전설 거둔 몸뚱이를 던져두고

이 저승 마주 앉아서 침묵 한 수 두었다

한계령

골병든 애마를 끌고 한계령에 오른다
산은 산으로 남은 채 바람 속에 선다
키 작은 무넘의 하늘 사심 없는 푸른 숲

세월이 빚어놓은 선계에 넋을 올리고
바람의 소리 바람의 눈빛으로 어우러진 순간
가슴을 열고 싶었다 뼈에 뼈 속까지 환히

동백
－화엄사에서

동백꽃을 보려거든 봄눈 속을 걸어오시구려
눈꽃 화관 눌러쓴 보살님 홍안처럼
막막히 기다리는 땅
구례로 오시구려

석등에 불 밝혀 꽃과 눈을 맞읍시다
지리산 바람도 몸 데워 주저앉으니
목을 맨 풍경도 살아 꽃 위에 내립니다

놋그릇을 닦으며

반짝이는 윤기로
시렁에 앉은 너는

먼지도 청동 꽃도
마다 않고 반기건만

세월은 남루를 걸쳐
아린 손길 걷어 갔다

닦아도 빛을 잃은
내 쉰 살의 어두움이

보채는 옹이들을
때 없이 문질러도

얼비친 소경의 넋이
같이 가자 오른다

낚싯대를 던져놓고 · 2

부유하는 욕망이 펄떡이는 물가에서
순간의 덫에 치인 인연이 늘어지고
망태기
가득한 꿈이
검은 물을 훔친다

비린내 진동하는 욕심이 모여들고
돌연변이 육신은 천 년을 기약한다
코 꿰인
비닐 한 자락에
바다가 걸려 있다

망해사 노을

태초에 용암이 끓는
그 바다가 저어기

산벚꽃 그림자로 무너지던 사월의 적막

울음이 아기 때 울음이 울대를 타고 넘는다

침향의 전설이
물무늬로 번져갈 때

까뭇한 수평선 두엇 척 혼선이

한번은 크게 울어야지 꽃보라 하늘 덮는다

노고단 철쭉은 피고

끓는 용암으로 바람 처음 만났을 때
그 산은 기침했다 검붉게 각혈했다
억만 겹
지층의 울음 몸으로 우는 등성이

영험한 등뼈 따라 몸 낮춘 골골마다
눈비 맞은 함성이 혼불처럼 타올라
녹두빛
선혈로 번진 아버지의 봉화여

꽃무릇
  ─선운사

도솔천을 갈려거든 꽃보살을 따라 가세요

소망이 흐르는 극락교 꽃살문 대웅전

등신불
손사래 치는 그 환한 빛살을 따라

새만금은 공사 중

욕망의 끝은 갯벌을 한사코 거부했다
사산된 돌덩이는 굉음을 쏟아내며
몸뚱이 뻘겋게 던져 그 수심을 밀어낸다.

길이 생기는 만큼 바다는 쫓겨 가고
판도라의 상자라는 어부의 농담처럼
시신도 못 묻은 조개 줄무늬 배를 내민다

중용의 서정과 재미성
―양점숙 시조론―

이지엽

시인·경기대 한국동양어문학부 교수

1.

　양점숙 시인의 작품에는 좋은 시인의 작품들이 그러하
듯 무르녹은 서정성이 있다. 오래되었지만 낡아 보이지
않는 서정성이다. 가벼워 보이지 않으면서, 그러나 무겁
지도 않은 서정성이다. 화사하지는 않지만 그렇다고 아
주 어둡지도 않은 서정성이다.

　솜씨 좋은 선공이 빚어 놓은 백자 대접

동방의 전설 들고 서녘의 신새벽으로

다향이 넘치지 않게
구름 지우며 간다

순이네 작은 오두막 바지랑대를 지나서

바위섬 등대의 그림자를 천천히 끌고

하늘 문 열쇠 들고 간다
울엄니 찾아간다

—「하현달」 전문

　‘백자’나 ‘동방의 전설’ ‘다향’ ‘순이네’ 등의 단어들은 오래된 것들이다. 그러나 시를 형상화시키고 있는 수법은 전혀 그렇지가 않다. ‘하현달’이라는 시적대상을 감각적이면서도 세련미 넘치게 그려내고 있다. ‘백자’ 등의 사물이나 관념들은 오래된 것이기는 하지만 시인의 주변을 감싸고 있는 것들이다. 어릴 때의 기억과 관련될 뿐만 아니라 시인이 자라온 배경과 밀접한 관련을 맺고 있다. 그렇다면 ‘하현달’은 다름 아닌 시인 자신을 은유하고 있는 것이라 보는 것이 옳다.

하현달을 시인 자신과 등가로 놓았을 때 우리는 시인
이 자신을 어떻게 보고 있느냐에 주목하지 않을 수 없다.
언뜻 보기에 "솜씨 좋은 선공이 빚어 놓은 백자 대접"으
로 자신을 격상시킨 것처럼 보이나 이는 결코 그렇지 않
다. 그것이 지나는 곳은 고작해야 "순이네 작은 오두막
바지랑대"다. 화려하거나 크지도 않은 오히려 아주 작고
사소한 곳이다. "바위섬 등대의 그림자" 또한 마찬가지
의미로 해석된다. 무인도의 작은 등대는 얼마나 쓸쓸하
고 왜소한가. 이 작고 사소한 것에 대해 시인은 더없는
애정을 느끼고 있는 것이다. 그곳을 어떻게 지나는가.
"다향이 넘치지 않게" "천천히 끌고" 간다. 시인의 품성
이 어떠한가라는 것을 여실히 알 수 있는 대목이다. "울
엄니 찾아간다" 라는 지향성 또한 이 품성의 연장 위에
있다. 가족사 특히 할머니와 어머니, 아버지에 대해 시인
은 적지 않은 애정을 가지고 있다. 자칫하면 무시될 수
있는 것들을 통해 그것이 얼마나 중요하고 모태적인 것
이냐를 보여주고 있는 것이다. 시인의 이러한 작시태도
는 때로 진부하게 느껴질 수도 있다. 말하자면 작고 사소
한 것과 주변을 둘러볼 수 있는 여유의 태도는 바쁘기만
하고 모든 것이 속도와 욕망으로 이루어져 그것이 절대
가치인 양 평가되고 있는 현실을 감안한다면 한가한 신
선 놀이일 수도 있기 때문이다. 그러나 모든 것이 그렇다
고 시까지 그럴 필요가 있는가. 오히려 생은 그런 작고

사소한 것들의 반짝이는 것에 있지 않던가. 느리지만 잊혀지지 않는 것들에 늘 놓여있지 않던가. 시인은 우리에게 그렇게 말하고 있는 것이다. 의미도 그렇지만 표현의 수사법을 유심히 살펴보면 이 작품은 여간 새롭지 않다. 서정시에서 특히 오래된 소재를 새롭게 그려내고자 많은 시간을 씨름해본 시인은 그 '새롭다'라는 것이 얼마나 어려운 작업임을 잘 안다. 이 작품이 새롭게 보이는 것은 두 가지 점에서 그러한데 하나는 제목의 절묘함이고, 다른 하나는 구성의 치밀함이다. 제목의 절묘함은 이 작품의 제목을 '상현달'이나 '그믐달', 혹은 '보름달'을 대신해놓고 보면 알 수 있다. 어떻게 하현달과 맞는 이미지를 이렇게 골라냈을까 싶을 정도로 적절한 비유와 배경을 설정하고 있다. 또한 이 작품은 하현이 떠서 지기까지의 과정을 그려내고 있는데 둘째 수는 마치 하현달이 지상에 내려와 이 사물들 옆에 나란히 앉아 있는 착각이 든다. 특히 종장에서 어머니를 찾아가는 것을 "하늘 문 열쇠 들고 간다"로 얘기하고 있는 것이 주목이 된다. "하늘 문 열쇠"는 시인의 개인시집 표제이기도 하거니와 시적 대상의 특성을 잘 잡아낸 시어가 아닐 수 없다. 밋밋하게 끝날 수도 있는 마지막에 시적 긴장을 늦추지 않으면서도 여운을 잘 살려내고 있는 것이다.

　　의미 없는 불빛 먼지 속으로 침몰할 때

아무도 기억 못한 산란의 달그림자로

부나비

부음이 번진 제단 밑의 달맞이꽃

―「할머니의 가로등」 전문

딸부자집 딸들의 설빔은 노란 저고리

큰년이 작은년이 옹기종기 모여 앉아

공깃돌 높이 올리면

삼동에도 볼이 붉는다

―「복수초」 전문

「할머니의 가로등」과 「복수초」 역시 서정성의 조화가 잘 드러나고 있는 작품이다. 「할머니의 가로등」은 "먼지 속으로 침몰"하는 회색 배경 속에 "산란의 달그림자"까지 겹쳐 가뜩이나 우울해보이지만 "달맞이꽃"으로 형상화된 할머니의 삽입으로 그 우울함을 산뜻함으로 반전시킨다. 「복수초」라는 작품은 이와는 다르게 가볍게 터치

113

한다. 그래서 마치 공깃돌같이 날아갈 듯한 날렵함을 보여준다. 그러나 시인은 이 가벼움에 무게를 얹는다. 왜냐하면 '복수초'라는 시적 대상은 그렇게 가벼움으로만 얘기될 꽃이 아님을 잘 알고 있기 때문이다. 외모로 보기엔 천진난만하지만 흰 눈과 얼음 위에서 피는 꽃이기 때문이다. 그래서 천진난만함을 "큰년이 작은년이 옹기종기 모여 앉"은 "노란 저고리"로 그려내면서 동시에 "삼동에도 볼이 붉는다"에 무게 중심을 놓아 가볍지만은 않은 시상의 전개를 보여준다. 가난하고 어려웠지만 그 안에 희망을 늘 품고 살았던 서정자아의 어린 시절이 오롯하게 자리잡고 있는 셈이다.

　「익산역에서」라는 작품에서는 사람들의 기억 속에 이미 사라진 대폭발의 기억을 살려내면서 "꽃잎 쏟아진 다락방 선혈의 잎맥 돋아 / 침목에 들꽃 피어도 / 기다림은 뼈대 하얗다"라고 아픈 그날의 참사와 이후의 정적을 그려낸다. 그러나 그러한 아픔이라할지라도 시인은

　　　기억이 축축한 대합실 꽃그림 위로
　　　그리움이 된 이름이 깃발처럼 흔들리니
　　　가슴에 두 줄을 긋고
　　　너처럼 가고 싶다

에서 보듯 그 그리움을 마치 가슴 속으로 열차가 지나가

듯이 생생하면서도 촉촉한 감성으로 그려내고 있다.

2.

　양점숙 시인은 양자를 아우르는 이러한 서정성뿐만 아니라 시대 현실에 대한 날카로운 안목을 동시에 가지고 있음이 주목된다.

눈물로 깨어나는 땅 잠든 모천의 여울목
육신의 핏물 번져 망향의 강을 이룰 때
명치끝 갈대를 심고
그 소리로 울었다.

하얀 물살의 갈피마다 흘러넘친 눈물단지
우리가 지켜내지 못한 우리의 가슴이라
머리에 불 쓰고 걸어도
그 가슴은 시리다
—「환향녀」 일부

초경의 핏빛은
황홀한 우울이다

피카소의 연민 같은 섬광의 붓질
그리움 한두 방울이 망울망울 떨어진다

주저앉은 풀밭에선
낯선 노래 들리고

굽은 강은 갯벌로 옛 기억 밀어 내니
눅눅한 북녘 사투리 그림자만 하얗다.
-「임진강의 노을」 전문

「환향녀」는 정신대 할머니의 아픔을, 「임진강의 노을」은 분단의 아픔을 얘기하고 있는 작품이다. 「환향녀」는 네 수로 되어 있는 작품인데 첫 수에서는 일제강점기의 현실을 둘째 수에서는 정신대의 굴욕을 셋째 수에서는 그 설움을 넷째 수는 굴욕의 역사에 대한 반성을 각각 형상화하고 있다. 역사와 현실을 얘기할 때 시조는 자칫하면 형식적인 제약으로 인해 관념적인 표현을 쓰기가 쉬운데 양시인의 경우는 그렇지가 않다. 어떻게 관념으로부터 벗어나고 있는지를 살펴보자.

(첫째 수) 일제강점기의 현실 - 날려간 바람의 땅은/짓무른 늪이었다.
(둘째 수) 정신대의 굴욕 - 검은 치마를 쓰곤 부신 해

를 볼 수 없어 / 사랑 없는 변방······

(셋째 수) 정신대에 대한 설움 – 명치끝 갈대를 심고 /
그 소리로 울었다.

(넷째 수) 굴욕의 역사에 대한 반성 – 머리에 불 쓰고
걸어도 / 그 가슴은 시리다

비교적 선이 굵은 역사적 사실이라 하더라도 이를 날
것으로 쓰지 않고 비유나 미세한 부분의 묘사를 통해 이
를 형상화시키고 있는 것이다. 그러기에 독자들은 이런
류의 작품들에서 흔히 느끼게 되는 추상적인 공허보다는
구체적 실감의 정서를 갖게 되는 것이다. 「임진강의 노을」
또한 마찬가지다. 분단의 아픔을 "초경의 핏빛"으로 치환
하여 고루한 느낌을 덜어내고 있을 뿐만 아니라 한 핏줄
에 대한 그리움을 "눅눅한 북녘 사투리 그림자만 하얗
다." 라는 표현으로 압축하여 형상화시키고 있는 것이다.

떠오르는 용 이야기 아직도 희망일까

마지막 등짐 부려도 굽은 등은 젖어있고

한데로 내몰린 속살 어둡게 터져있다
　　　　　　　　　　　—「아이엠에프시대의 보고서」 부분

이삿짐 꽁무니에 구박 맞고 딸려왔는데
자리 하나 찾지 못한 닭장 같은 새 집
인연도
동거도 부질없다
폭염의 창밖으로

—「고려장」 부분

욕망의 끝은 갯벌을 한사코 거부했다
사산된 돌덩이는 굉음을 쏟아내며
몸뚱이 뻘겋게 던져 그 수심을 밀어낸다.

길이 생기는 만큼 바다는 쫓겨 가고
판도라의 상자라는 어부의 농담처럼
시신도 못 묻은 조개 줄무늬 배를 내민다

—「새만금은 공사 중」 전문

　이 작품들 또한 우리 시대의 중심을 강타하고 있는 현실을 대상으로 하고 있다. 그러면서도 시인의 시각은 이러한 현실을 肉化시키는데 초점을 맞추고 있다. 「아이엠에프시대의 보고서」에서는 식솔의 생계를 책임져야하는 가장의 속내를 "마지막 등짐 부려도 굽은 등은 젖어있고"로 형상화 시키고, 「고려장」에서는 자식들에게 얹혀사는 노인의 심경을 "인연도 / 동거도 부질없다"로, 「새만

금은 공사 중」에서는 인간의 욕망이 빚어낸 환경 파괴와
이로 인한 비애를 "사산된 돌덩이"와 "시신도 못 묻은 조
개" 등의 시적 대상을 통해 구체화시키고 있는 것이다.

3.

시조의 독자가 많지 않는 것은 우선 제도적인 문제들도
있지만 무엇보다 우선 재미성이 없기 때문일 것이다. 우
리가 흔히 고시조, 특히 사설시조의 미학을 애기할 때 그
특성의 하나로 풍자와 해학을 애기하는데 어찌된 영문인
지 그러한 특성이 오늘의 시조단에서 점점 사라지고 있다.

새로 짓는 아파트를 물어물어 찾았더니
영락없는 닭장이네 닭도 없는 닭장
암탉은
깃털 하나로 눈도장을 찍는다

황량한 직립의 땅 에밀레처럼 닭이 운다
잡목 베어 낸 숲 골조 높게 세우고
층마다
금박 물려도 사육의 장은 침침했다

―「닭장」 부분

아파트를 '닭장'으로 보는 것은 그렇게 낯선 표현은 아니다. 그러나 그것을 용해시키는데 시인은 풍자의 기법을 적절히 활용하고 있다. 직각으로 세워진 아파트와 닭장의 사각형이 갖는 이미지를 일치시켜 "황량한 직립의 땅"으로 대번에 몰아세운다. 그리고 동시에 숲을 베어내고 사육 되고 있는 도시인의 일상을 '침침'하게 그려낸다.

컴퓨터란 놈은 참으로 요상도 하지
신통방통 도깨비 방망이 같더니만

열나면 에러라든가
바이러스 걸렸다나

기억 좋다 믿거라 맡겨 놓았더니
홀랑 날리고 묵묵부답 검은 낯짝 들이미니

열 받아 넘어 지겠네
못된 놈의 서방 같어

-「컴퓨터」 전문

아마 모르긴 해도 양시인의 컴퓨터 다루는 솜씨는 컴맹에 가까울 것이다. 현대 문명의 이기에 길들여져 있거나 밝은 사람이라면 앞서의 작품에서 보듯 '아파트'를

'닭장'으로 질박하게 그려내진 못할 것이기 때문이다. 그러나 컴퓨터를 잘하는 사람도 한두 번은 아주 황당한 경험을 꼭 하게 되는데 애써 저장해놓은 내용들이 어느 날 갑자기 사라져버리는 경우가 있다. 이것을 시인은 아주 진솔하게 그려내고 있다. 가벼운 듯 보이지만 대중에 쉽게 어필할 수 있는 재미성을 담고 있다. 이 재미성은 사투리와 만나면서 또 다른 분위기를 연출하기도 한다.

막내야 애비가 니 갈칠라고 욕본다
댐에 겔혼 하믄 에미 애비 잊지나 말 그라
소 파라 학비 부쳐 줄 랑게 쪼매만 지달려라

배워야 산다는 디 쐬빠지게 공부 하그라
애비는 배움 없어 살기가 엄청시리 징헝게
망내야 공부 많이 혀서 넥꾸다이 매고 살그라

쌀 개방이다 뭐다 벌집 마냥 뒤숭숭 혀도
눈곱만한 땅떼기지만 그래도 엎어져 산다
이 겨울 고생 시려워도 몸 성허게 있그라.

―「장날 통신」 전문

이 작품에 드러난 현실은 핍진하기 이를 데 없는 막막한 상황이다. 그러나 독자들은 이 작품을 율독하면서 사투리의 묘미에 빠져 진지함보다는 가독성의 재미를 느끼게 한다. 물론 이 재미성에는 눈물이 매개되어 있다. 자신은 "눈곱만한 땅떼기"에 "엎어져" 살지라도 자식만은 흙보다는 "넥꾸다이 매고 살"기를 바라는 마음을 고스란히 전해 받을 수 있기 때문이다.

현실에 대한 풍자나 비판, 핍진한 현실에 재미성을 가미시키려는 양시인의 이러한 노력은 시조의 장래를 생각할 때 매우 중요한 의미를 지닌다. 시조가 독자들로부터 외면 받고 있는 이유를 생각해보면 이러한 작업이 얼마나 필요한 부분인가를 절감할 수 있기 않는가.

4.

그러고 보면 양점숙 시인은 다양한 시세계를 가지고 있음을 알 수 있다. 가족사적인 애정과 사랑에 대하여는 상당히 보수적이면서도 시대에 대해 접근하는 인식면에서는 진보적 성향을 지니고 있다. 섬세한 서정성으로 시적 대상을 그려낼 때는 그 감정의 폭을 극한에 두지 않고 항시 중용의 자세를 취한다. 대부분 이러한 시적 대상은 시인 자신이 몸 담아온 과거이거나 가족사이거나 동경의 대상일 경우는 그렇다. 그러나 부조리하거나 正道가 아닌 시적 대상을 만나면 이 중용은 날카로움으로 변

한다. 물론 풍자나, 비판 등의 재미성을 동반하고 있다.
바라건대는 양시인의 이러한 장점을 극대화시키는 작업
이 쉼 없이 이루어지기를 바라는 마음 간절하다.

양점숙 연보

1949년   경기도 시흥시 금이동에서 父 양제길과 母 최재순의 1
         남 6녀 중 장녀로 6월 11일 태어남.

1971년   인화여자고등학교 졸업.

1970년   1978년까지 법제처에서 사서로 근무.

1977년   박종구와 결혼함.

1979년   장남 필원 출생.

1989년   제 1회 이리 익산 문예 백일장 장원.

1990년   첫 시조집 『기다림의 날 뒤에』(참나무)를 냄. 한국시 문
         학상 수상.

1994년   韓國放送通信大學 國語國文學科 卒業.

1996년   東國大學校, 敎育大學院 卒業, 國文學碩士. 논문「嘉
         藍과 鷺山의 時調觀의 比較考察」.

1999년   현대시조 가을호부터 시조「양점숙 꽃과의 만남」을 20
         01년 가을호까지 연재. 2000년 제 2시조집『꽃처럼 살고
         싶었던 이야기』(동방)를 냄.

2001년   제 3시조집『모나리자에 고함』(오감도)를 냄.

2002년   마한문학상 대상 수상.

2004년   새시대 시조 겨울호부터 "잊혀진 것에 대하여" 연재 중.

2004년   2006년까지 한국 문인협회 익산 지부장역임.

2003년   제 4시조집『하늘문 열쇠』(고요아침)를 냄.

2004년   한국 시조 시인 협회상 수상.

2005년   京畿大學校 博士 수료.

2005년   현재 가람시조문학회 회장.

2006년   경기대학교 출강.

참고 문헌

유승식, 「상실에의 기다림」, 『기다림의 날 뒤에』 1990년.

서 벌, 「줏대 있는 사람들의 시조」, 『월간문학』 1995년 7월호.

이상옥, 「시인의 고뇌, 그 정신적 출혈」, 『현대시조』 1995년 가을호.

최재선, 「진정한 여성성의 세계에서 끌어 올린 시조의 미학」, 『현대시조』 1998년 여름호.

서 벌, 「영원한 특선물로 오는 꽃」, 『꽃처럼 살고 싶었던 이야기』 2000년.

원용문, 「애정류 시가의 사적 고찰」, 『우물 속의 사랑』 현대시조 시인 62인의 사랑 시집, 2001.

이재창, 「화엄동백과 봄의 시학」, 『전리시조』 2001년 27집.

박영교, 「시조의 생동감과 살아남기 위한 작업」, 『현대시조』 2003년 겨울호.

이상옥, 슬픈 비원(悲願)과 세태풍자, 『하늘문 열쇠』 2003년.

최재선, 「진정성의 시학」, 『살아있는 비유의 힘』 최재선 평론집, 2003년.

조옥동, 「조옥동의 시조산책 4」, 『현대시조 』 2004년 여름호.

박영교, 「현장감과 다양한 암시를 주는 작품」, 『새시대시조』 2005년 봄호.

정휘립, 「시조의 엄숙주의적 경향에 대한 시론 몇 마디」, 『시조월드』 2005년 하반기.

김연동, 「좋은 작품, 빛나는 서정」, 『서정과 현실』 2005년 하반기.
최재선, 「시인이란 슬픈 천명」, 『새시대시조』 2006년 봄호.